MON AMI

GABRIEL

EMMANUEL VINGTRINIER

MON AMI
GABRIEL

NOUVELLE

LYON

GLAIRON-MONDET, LIBRAIRE-ÉDITEUR

8, place Bellecour, 8

1877

MON AMI GABRIEL

I

On aime à se retourner quelquefois, aux heures de repos
et de liberté que laissent les luttes de la vie, pour voir
le chemin parcouru, pour remonter le cours des années
de la jeunesse et reporter son souvenir vers ce passé si
cher, qui est rendu plus charmant encore par la lointaine
perspective. C'est un plaisir tout philosophique. On voit
défiler, comme dans un songe, tous ceux qui ont joué
quelque rôle dans ces événements déjà si éloignés ; on
se plait à suivre la trace de ces vieux camarades d'École,
ces premiers amis qu'on a rencontrés en entrant dans le
monde. Ceux-ci, dépassant toutes les espérances, par-
courent aujourd'hui de brillantes carrières, tandis que
ceux-là ont tout laissé aux ronces du chemin et végètent
tristement derrière la vitre obscure d'une étude d'avoué.
D'autres sont morts..... Quelques-uns enfin, en bien
petit nombre, qui, à vingt ans, étaient laborieux, de

mœurs un peu austères, mais bons et affectueux a-
des, ont suivi noblement la ligne de conduite qu'i se
sont imposée d'abord et recueillent le prix de leur courage dans l'estime générale qui s'attache à leur personne
et à leur nom.

Dans le cercle de mes relations de jeune homme, le
type le plus parfait de la fidélité au devoir se nommait
Gabriel Reynaud.

Je me souviendrai toujours de l'époque solennelle où,
à peine échappé du collége, j'allai à Dijon pour y faire
mon droit. La vie m'apparaissait sous un nouvel aspect
et je jouissais pleinement de la liberté que j'avais tant
désirée. Mais la joie que j'éprouvais n'était pas bruyante
et excentrique comme celle de la plupart des étudiants ;
l'indépendance me donnait un plus vif sentiment de la
dignité personnelle. D'ailleurs, j'avais encore les oreilles
pleines des recommandations paternelles et j'arrivais
armé des meilleures résolutions.

C'est sous les voûtes de la vieille université de Bourgogne que j'aperçus pour la première fois Gabriel Reynaud. Je remarquai son teint pâle, son air grave et un
peu triste, et je ne sais quoi de sympathique dans tout
son extérieur. Nous eûmes bien vite fait connaissance et
en peu de jours nous fûmes des amis intimes.

La mère de mon ami, restée veuve de très-bonne heure,
s'était consacrée tout entière à l'éducation de son fils
unique, qui ne s'était séparé d'elle que le jour où la mort
l'avait ravie à sa tendresse. Gabriel, orphelin à dix-sept
ans, ressentit une si grande douleur du coup terrible
qui le frappait, que son caractère ardent et enjoué se
modifia tout-à-coup. Ce malheur grava profondément
dans son âme les enseignements de son enfance et pro-
duisit sur son avenir une influence décisive : la vie lui

apparut dès lors sous son véritable aspect.

La tutelle du jeune Reynaud fut confiée à son oncle maternel, M. Philibert Grésard, qui l'appela auprès de lui dans le Jura, où il vivait en bourgeois campagnard.

C'était un singulier personnage, cet oncle Philibert. Célibataire endurci, qui avait toujours sur le cœur des échecs successifs essuyés jadis à la porte de l'École militaire, il avait planté là toutes les positions qu'on lui avait offertes et s'était retiré fort jeune dans la petite terre patrimoniale de la Touvette, qu'il avait agrandie en y plaçant sa modeste fortune. La maisonnette, juchée sur un mamelon boisé qui dominait la plaine, était devenue pimpante sous sa main et affectait un air de castel. M. Grésard avait passé là toute sa vie dans un isolement presque absolu, s'adonnant avec ardeur à l'accroissement de son vignoble, à la chasse et surtout à l'exercice du cheval, qu'il aimait passionnément. On le voyait chaque jour et par tous les temps, vêtu le plus souvent d'un pantalon chamois et d'un veston de velours noir, caracoler sur la grande route escorté d'un domestique : quelle bonne fortune c'était pour lui de saluer les rares équipages qu'il rencontrait ! Entraîné par son étoile, il avait surmonté sa terreur naturelle des charges publiques, au point d'organiser dans sa commune une compagnie de pompiers dont il était l'heureux capitaine et, en 1848, il avait doublé ce commandement de celui de la garde nationale : faible dédommagement de ses déboires de jeunesse... Aussi, dans tout le pays, l'appelait-on le *capitaine* et les jeunes lé prenaient-ils pour un retraité légendaire dont il ne laissait pas d'avoir la mine.

A son arrivée à la Touvette, Gabriel fut l'objet des bontés et des prévenances de son oncle. Malgré sa brusquerie quelque peu de convention, M. Grésard était le

meilleur homme du monde ; il eut bientôt plus que de
l'attachement pour ce pauvre enfant dont il était devenu
le protecteur. Rien ne fut négligé pour distraire Gabriel
de son violent chagrin ; mais l'affection incomplète de son
oncle ne lui faisait sentir que plus cruellement le vide
qu'elle ne pouvait combler.

Le jeune homme acheva ses études. Une fois bache-
lier, il fut en butte aux sollicitations de M. Grésard qui
aurait voulu réaliser en lui son idéal et le pousser vers
l'école de Saint-Cyr. Cependant les promenades à cheval, les exhortations, les apologies de la carrière militaire ne purent persuader Gabriel. Son esprit calme et
réfléchi n'avait aucun goût pour le métier des armes :
l'étude du droit lui sembla plus conforme à ses aptitudes.
Il partit donc pour Dijon au mois de novembre suivant.

Le travail l'absorba tout entier. Presque chaque jour,
après le déjeuner, nous nous promenions ensemble dans
la grande avenue qui conduit de la place Saint-Pierre à
la grille du Parc. Nous retrouvions dans ce lieu le style
du grand siècle : l'avenue est coupée par un rond-
point semblable à celui de la place Saint-Pierre et orné
comme lui d'un vaste bassin et de magnifiques jets-d'eau.

Le Parc, dessiné par Le Nôtre, est sillonné d'allées
circulaires et concentriques croisées par d'autres qui ra-
yonnent dans tous les sens et viennent toutes aboutir à
un rond-point central. Au midi, la rivière d'Ouche et le
canal de Bourgogne arrosent la vallée de la Côte-d'Or ;
les sommets de Talan et de Saint-Affrique se profilent au
couchant.

C'est là, sous ces arbres centenaires de l'avenue, que
nos jeunes têtes se forgeaient des rêves d'avenir dont
nous nous faisions part l'un à l'autre avec un naïf en-
thousiasme. Combien de fois, en hiver, n'avons-nous pas

tracé un sentier dans la neige qui couvrait les allées ?
Combien de fois ne nous sommes nous pas endormis,
pendant les chaudes soirées d'été, dans l'heroo qui borde
les fossés du parc ?

Seul au monde et pensant que son modeste patri-
moine ne lui permettrait pas d'attendre à loisir une posi-
tion en France, Gabriel parlait souvent de solliciter une
place de substitut dans les colonies. Il caressa si bien
cette idée qu'un jour, son droit terminé, il me montra
d'une main tremblante une lettre qu'un ami de sa famille
lui avait remise pour le procureur général d'Alger,
auquel il allait s'attacher ; puis il m'annonça son pro-
chain départ et me pria de lui écrire souvent.

Trois ans après, mon ami m'apprenait qu'il était
substitut dans la province de Constantine. Son nouveau
genre de vie lui plaisait ; les nécessités de son service
exigeaient une très-grande activité ; le jeune magistrat
faisait des courses à cheval dans les montagnes à en
rendre jaloux l'oncle Philibert.

Cependant ce régime excessif ne tarda pas à porter
atteinte à sa santé. Au printemps, Gabriel repassa en
France avec un congé de convalescence de six mois.
Il allait prendre les eaux de Salins. Cette bonne nouvelle
vint me trouver à Dijon, et je m'empressai de promettre
à mon ami une visite à la Touvette pour le mois de
septembre.

Un matin d'août, de bonne heure, la porte de ma
chambre s'ouvrit : je m'entendis appeler par mon nom
et je vis entrer un grand jeune homme brun... C'était lui.

— Mon cher ami, me dit-il, je suis désolé de ne pouvoir t'attendre , Je pars...

— Pour l'Algérie ?

— Oui.

— Mais ton congé n'est pas expiré ?

— Non, reprit-il avec un embarras mêlé de tristesse ; mais il faut que je parte !

Je lui demandai alors des nouvelles de sa santé ; puis je l'accompagnai jusqu'à la gare où il me sembla tout étourdi par le bruit de la foule. Au moment de prendre son billet, avec un mouvement de résolution subite, il tira de sa poche un papier qu'il me présenta.

— Regarde ! me dit-il.

La signature avait été effacée ; il n'y avait que quelques lignes d'une écriture fine, gracieuse, ondoyante, qui avait dû faire perdre la tête à mon pauvre ami.

— Nous nous reverrons à un autre voyage, reprit-il avec un amer sourire en me tendant les mains.

II

La petite station d'eaux de Salins n'attire qu'un nombre restreint de baigneurs ; elle n'est point fréquentée pas ce monde cosmopolite qui va chercher dans les villes d'eaux des plaisirs et des fêtes, et qui prodigue son luxe et ses richesses à Baden, Vichy, Biarritz ou Aix-les-Bains.

A son retour d'Algérie, le jeune substitut avait besoin surtout de repos physique et moral; c'est ce qu'il comptait trouver dans la petite ville jurassienne.

Parmi les étrangers qui se trouvaient à Salins, Gabriel avait distingué, dans les allées qui avoisinent l'établissement des Bains, une jeune femme accompagnée d'une gouvernante ; la jeune femme devait avoir vingt-cinq ans; elle était grande et svelte, blonde et pâle, mais fort belle avec de grands yeux noirs, brillant d'un éclat singulier derrière le voile blanc qui les abritait.

Dès le premier aspect, on comprenait que la pro-

meneuse appartenait au meilleur monde; son profil
fin et spirituel, sans être très-régulier, et ses mains
délicates excitaient l'admiration de toutes les personnes qui la voyaient. Mais, pour Gabriel, ce qui lui
rendit l'inconnue particulièrement sympathique, ce fut
son air de mélancolie et de souffrance, que le public
ne remarquait pas. Le malheur, pensait-il en la voyant
marcher lentement et sans but, a déjà ravagé cette âme
et amaigri ce beau visage..... Et il se surprenait à che-
miner sur ses traces.

Gabriel n'avait rien perdu de cette admirable fraicheur
de sentiments qui donne tant de charmes à la jeunesse
et qui reste le privilége des âmes supérieures. Eclairé
par le souvenir vivace de l'affection maternelle, il avait
consacré les puissances actives de son être à un travail
infatigable et aux luttes d'une vie excessive; l'âme et
le corps s'étaient aguerris, mais le cœur restait jeune
et impressionnable.

Chaque soir, à la nuit tombante, un orchestre à la
solde de la société des Bains donnait son concert sous
un gracieux pavillon élevé au milieu des arbres. Le
public se groupait autour des musiciens ou s'asseyait à
l'écart au bord des pelouses. C'était l'heure la plus
agréable de la journée et chacun venait en cet endroit
respirer l'air frais du soir après les longues excursions et la grande chaleur.

Gabriel y apprit le nom de l'inconnue; il sut en
même temps beaucoup d'autres choses sur cette femme.
Mme Delprat, amie de sa famille, qu'il avait été heureux
de retrouver à Salins, lui dit qu'elle était Alsacienne et
qu'on l'avait mariée, contre son gré, à un riche banquier
d'origine allemande, homme brutal et grossier, dont elle
vivait séparée depuis un an; les chagrins avaient altéré

sa santé : elle était phthisique. Enfin, la femme du baron Heuffzel, en horreur de son indigne union, avait voulu redevenir aux yeux du monde Nelly de Sérona, nom harmonieux qui rappelait une douce et heureuse jeunesse.

— Voulez-vous me présenter à elle ? dit le jeune homme avec un mouvement involontaire, après avoir écouté attentivement son interlocutrice.

— C'est inutile, reprit celle-ci ; elle vous connaît déjà.

— Elle ?

— Oui ; avant-hier, quand nous vous avons rencontré à cheval, nous avons parlé de vous.

— Ah ?

— Vous plait-elle ?

— Beaucoup.

— Voulez-vous un bon conseil, mon ami ?

— Sans l'obligation de le suivre ?

— Sans doute. Si la situation de Mme de Sérona vous émouvait plus que de raison, vous feriez bien de repartir pour l'Algérie.

— Pourquoi voudri z-vous me renvoyer si loin quand je suis si bien ici ? Si vous refusez de me présenter, je ne cours aucun danger.

— Eh bien ! Voilà un autre conseil que vous suivrez. Mme de Sérona m'a prévenue qu'elle rentrerait de bonne heure ; je ne puis donc vous rendre 1 · service que vous me demandez : mais cherchez mon mari, qui n'est pas obligé de savoir ce qu'elle m'a dit, et priez-le de vous présenter.

— Mille remerciements ! reprit gaiement le substitut. M. Delprat qui était un ami de M. Grésard, avait accueilli très-cordialement Gabriel à son arrivée à Salins.

— Très-volontiers ! répondit-il à la demande du jeune homme. Où est-elle ?

— Là-bas près d'un arbre.

La nuit était close. Une tiède haleine se détachait du flanc des montagnes et agitait légèrement le feuillage, tandis que l'orchestre, sous le kiosque brillamment illuminé, préludait à une valse de Strauss dans un rhythme souple et ondoyant comme les figures qu'on voit en rêve.

Nelly, enveloppée dans une pelisse bleue, était absorbée tout entière dans ses pensées. Le regard fixé vers la campagne obscure, elle paraissait dominée par une vague tristesse. La valse s'anima peu à peu, se déroula par de joyeux accents et finit en mille éclats de rire. Nelly avait suivi toutes les nuances de cette musique fantasque et Gabriel avait lu sur son visage toutes ses impressions.

Lorsque M. Delprat présenta son protégé, Nelly sourit sans contrainte et les paroles les plus aimables vinrent sur ses lèvres. On parla du concert, des incidents du jour, de la rencontre de l'avant-veille ; on projeta de faire des excursions ensemble, ce qui parut enchanter Nelly. Puis elle prit le bras de M. Delprat et se dirigea vers le chalet qu'elle avait loué pour la saison.

— A demain donc, monsieur ! dit-elle avec une grâce charmante, en prenant congé de Gabriel.

Ils s'étaient rencontrés ; le hasard et la sympathie les avaient placés face à face.

III

On est matinal à l'établissement des Bains. Certains baigneurs, du moins, choisissent le point du jour pour prendre leurs ablutions quotidiennes ; puis rafraîchis et fortifiés par l'eau régénératrice, libres de l'emploi de leur journée, ils s'arment du bâton du touriste et vont gagner sur les hauteurs cet appétit féroce qui est un si puissant auxiliaire du traitement.

Gabriel s'éveilla vers quatre heures. De sa fenêtre qui donnait sur la cour intérieure, il aperçut dans le demi-jour le paletot havane de M. Delprat qui attendait consciencieusement son tour de verre d'eau. Il descendit à la hâte pour lui serrer la main, et, sans s'arrêter parmi les buveurs auxquels une grande jeune fille sur un escabeau distribuait l'eau de la source avec une majesté antique, le substitut courut donner des ordres et faire préparer les montures.

A son retour, tout le monde était réuni et l'on partit sans retard. Nelly était pleine d'entrain ; la brise fraîche colorait ses joues d'une légère teinte rose ; ses yeux, qui la veille semblaient enfiévrés, avaient repris dans le repos de la nuit des nuances veloutées et une expression de sérénité qui lui allaient à ravir. Jamais Gabriel ne l'avait vue d'aussi près, jamais non plus il ne l'avait trouvée aussi belle.

La petite caravane était déjà sur la hauteur, lorsque l'orient se colorait de ses premiers feux. Les montagnes se dessinaient sous la transparence des brouillards, qui flottaient à leurs flancs et remontaient pour se dissiper en vapeurs légères. La ville était encore enveloppée dans l'ombre au pied des rochers et quelques bruits confus s'élevaient à peine jusqu'aux premières rampes.

— Quelle admirable journée ! s'écria Nelly, en mettant pied à terre, comme le ciel est pur ! pas le moindre flocon de nuage !

On cheminait par des sentiers rocailleux entre deux haies de troènes et de buis humides de rosée, qui répandaient dans l'air un âcre parfum. De temps en temps, un ruisseau qu'on entendait murmurer de loin venait couper le chemin et y causer des ravages. Négligeant alors les mains qu'on lui tendait, Nelly s'appuyait sur son bâton et franchissait le torrent en posant délicatement les pieds sur les cailloux roulants ; puis elle reprenait son pas alerte, cueillant çà et là des touffes de fleurs et demandant sur les particularités du paysage des explications que Gabriel s'empressait de lui donner.

L'horizon s'élargissait peu à peu. Au détour de chaque rocher, de chaque bouquet d'arbres, l'œil découvrait de nouvelles lignes de montagnes qui se perdaient dans le lointain. Des villages blancs et rouges, petits ou grands, s'échelonnaient de distance en distance ; quelques-uns n'étaient signalés que par la flèche de leur clocher, qui jetait déja de vifs éclairs à l'horizon ; au-dessus de ce spectacle grandiose régnait un ciel admirable et autour des touristes un calme parfait, à peine troublé par le frissonnement du feuillage.

La jeune femme et le substitut s'étaient arrêtés et contemplaient l'aurore naissante dans une muette extase.

— Le soleil ! s'écria Gabriel.

— Ah !... fit Nelly en passant la main sur ses yeux.

Le disque embrasé venait d'apparaître et lançait de toutes parts ses traits aveuglants, au milieu du réveil de la nature entière toute baignée de vapeurs et toute scintillante de rosée. Les oiseaux poussaient des cris joyeux en se balançant sur les rameaux des branches et des papillons bleus voltigeaient de concert sur les buissons en fleurs.

En face des sublimes phénomènes de la nature et de l'immensité des cieux, l'homme est attiré vers les espaces infinis. Dominée par cette influence surhumaine, Nelly était pénétrée d'une douce émotion ; elle sentait sa poitrine se dilater et son cœur battre ; le sentiment de sa reconnaissance envers le Tout-puissant donnait une expression angélique à son visage encadré de boucles blondes et environné d'une auréole d'or.

Gabriel, le regard plongé dans les profondeurs lumineuses de l'horizon, comme s'il eût cherché à y découvrir quelque présage, se tenait immobile au bord du précipice. Jamais il n'avait éprouvé ce qu'il ressentait alors, même en présence de la mer et des majestueuses solitudes de l'Afrique : à ce moment, il était supérieur à lui-même et ses forces physiques lui paraissaient doublées.

Dans un profond silence, tous deux en même temps échangèrent un regard : c'en fut assez. Ils s'étaient compris ; leurs âmes étaient de même famille, elles habitaient les mêmes hauteurs. Ils s'égaraient ainsi dans les délicieuses rêveries de l'idéal, lorsque la voix de M. Delprat les ramena brusquement au sentiment de la réalité.

— Allons donc ! criait-il de loin en gesticulant. La chaleur augmente ; nous ne serons pas avant onze heures à la ferme *des Muletiers* !

Un peu confuse d'être restée seule avec le substitut, Nelly se hâta de rejoindre la tête de la colonne. Néanmoins, cette simple circonstance avait fait naître une vive sympathie entre elle et mon ami.

— Je voudrais vivre ici, lui dit-elle, dans une maisonnette, au milieu des buis et des grands arbres.

— Vous n'aimez donc pas le monde ? demanda Gabriel.

— Ah ! je l'ai beaucoup aimé ! reprit-elle ; j'ai eu cette grande illusion de me croire faite pour lui... Mais je me suis trompée... Je m'y suis brisée et c'est lui qui me tuera !...

Ces paroles firent frémir le jeune homme ; cette première confidence, si spontanée, le toucha profondément. Il allait parler, mais un sentiment de délicatesse le retint.

— Que diable avez-vous donc à regarder si longtemps ? leur demanda M. Delprat lorsqu'ils le réjoignirent. N'avez-vous pas appétit ? D'ailleurs, il faut nous hâter ; nous aurons un orage ce soir, la chaleur est déjà trop forte.

Gabriel ne fit aucune observation et la conversation prit un autre cours.

Après deux heures de marche, le chemin s'engagea dans un petit bois très-touffu et plein d'une délicieuse fraicheur. On entendit bientôt distinctement les aboiements d'un chien et le bruit d'une fontaine : la ferme était là.

C'était un vaste bâtiment de forme quadrangulaire, à un seul étage, avec un grand toit très-incliné ; à côté de la construction principale se trouvaient les fenils, la basse-cour, les écuries et les autres dépendances. Située sur un plateau d'une certaine étendue, la ferme *des Muletiers* servait d'auberge aux voituriers et aux paysans qui prenaient cette route pour descendre du haut Jura ; c'est de là que lui venait son nom.

M. Delprat et ses compagnons furent introduits dans une grande salle mal éclairée ; une grande table en noyer occupait le milieu et d'autres plus petites étaient placées dans les angles ; les murs étaient couverts d'un papier peint représentant d'une façon grossière les principaux épisodes du premier empire. Une grande armoire, une horloge et des chaises de paille complétaient l'ameublement.

Les touristes avaient terminé cet inventaire, lorsqu'une grosse femme à l'air avenant parut pour prendre leurs ordres. En un instant, le couvert se trouva mis et M. Delprat mit en pièces les pâtés et les viandes froides qu'on avait apportés, en attendant les œufs et le beurre frais de la ferme. Tout le monde fit honneur à ce repas improvisé. Nelly elle-même semblait avoir repris pour quelques heures un peu de cette santé et de cette gaité juvénile qui l'avaient fui pour toujours.

— Passerez-vous toute la saison à Salins ? lui demanda Gabriel.

— C'est probable. Les médecins prétendent que l'air des villes m'est funeste. J'ai une santé déplorable, comme vous pourrez le voir. Je resterai peut-être jusqu'en juillet, jusqu'en août... En somme, je ne sais pas bien : je suis variable comme ma santé... Partez-vous dans quelques semaines ?

— Cela dépendra du sort qui me sera fait.

— Quoi qu'il en soit, mon cher substitut, interrompit M. Delprat entre deux bouchées, nous vous retiendrons au préjudice de votre oncle, aussi longtemps qu'il faudra pour que Mme de Sérona puisse admirer nos sites les plus pittoresques.

— Je suis tout à votre disposition, répondit Gabriel, et de grand cœur.

— Merci, monsieur ! ajouta Nelly. Vous êtes trop bon de sacrifier vos courtes vacances aux fantaisies d'une malade....

A ce moment, la porte de la salle s'ouvrit pour donner passage à trois hommes d'aspect un peu sauvage, chaussés de grosses bottes et armés de carabines et de forts bâtons de buis : c'étaient des douaniers qui revenaient de leur tournée dans la montagne. Ils saluèrent et s'assirent autour d'une table voisine.

— Ces messieurs, dit l'un d'eux après un peu d'hésitation, comptent sans doute rentrer ce soir à Salins ?

—Certainement, répondit M. Delprat que cette question
étonnait.

— En ce cas, reprit le douanier, il faut partir sans
retard, car un orage s'avance en-haut. Nous venons nous
reposer ici jusqu'à ce qu'il ait passé.

—Je vous le disais bien ! reprit M. Delprat en se
levant de table précipitamment. Et cet orage est-il loin ?

— Nous l'aurons ici dans deux heures, répondit l'un
des hommes.

Chacun courut à la porte. Le ciel était encore pur,
mais l'atmosphère était lourde et nulle brise n'en atténuait la pesanteur. Dans la cour de la ferme, les poules
étaient accroupies à l'ombre des arbres dans l'attitude
de l'accablement ; par intervalles, un grondement sourd
semblait sortir des flancs de la montagne qui se dressait
au levant.

— Le tonnerre ! dit M. Delprat. Déjà le tonnerre ! . . .
Il faut plier bagage ! . Mais nous avons le temps d'arriver
à Salins avant l'orage.

Les rustiques montures furent bientôt équipées et l'on
partit d'un bon pas.

A la sortie du bois, le soleil avait disparu derrière un
énorme rideau noir qui s'avançait tout d'une pièce. Le
vent s'était élevé tout-à-coup et soufflait avec une violence
qui rendait la marche pénible. Nelly, montée sur un âne,
regardait le nuage avec indifférence ; de temps en temps,
une petite toux sèche lui échappait au milieu des observations que lui faisait son guide.

Cependant, la cime des arbres se tordait convulsivement. Un sentiment de terreur s'emparait de la nature.
Les grondements du tonnerre répercutés par les échos,

14

des[...] [...]irs

éclairs, serpe[...] des nuages qui couvraient éjà Nelly et s[...] té. On marchait précipitamment en n'échangeant que des monosyllabes.

— Mille diables ! s'écriait M. Delprat. Nous aurons l'orage... Et pas un abri !... Pressez donc vos bêtes !... nous avons encore une demi-heure de chemin !

Soudain, le ciel de plomb craque avec un fracas terrible et la foudre découronne un grand arbre. Nelly pousse un cri d'effroi. La rafale se déchaîne dans toute sa furie ; la nuée livide crève et vomit des grêlons serrés qui mutilent les arbres et hachent les buissons.

Des cris s'élèvent au milieu de la tourmente : « Nelly ! Nelly !... Pauvre Nelly !... Couvrez-la !... Que faire ?... »

Les bêtes rétives n'avancent qu'à grand'peine, par un sentier presque à pic et chaque coup de foudre est une menace de mort pour la petite caravane.

Enfin, l'orage s'apaise aussi brusquement qu'il a commencé, le ciel s'éclaircit peu à peu et le soleil laisse entrevoir sa lumière dans la transparence des nuages, qui se résolvent en pluie légère, pendant que le tonnerre s'éloigne. On arrive et l'on court au chalet.

Nelly était trop faible pour résister à une telle secousse : ses dents claquaient, ses membres tremblaient et un sifflement douloureux s'échappait de sa poitrine avec une toux aiguë. Le médecin jugea son état fort grave. Mᵐᵉ Delprat et la gouvernante passèrent la nuit auprès d'elle. Quant à M. Delprat, il s'arrachait le peu de cheveux qui lui restaient, se reprochant d'avoir par sa faute conduit à la mort sa jeune parente.

V

Mais combien d'impressions diverses la promenade aux *Muletiers* avaient produites dans l'âme si neuve et si sensible de mon ami Gabriel !

Cette seule journée lui avait révélé une vie nouvelle avec ses charmes et aussi avec toutes ses amertumes. Le jeune substitut, si âpre à l'étude, si intrépide dans l'accomplissement du devoir, avait subi pour la première fois le prestige d'une femme. Ce prestige s'imposait-il à lui par la beauté physique ? L'amour avait-il enfin germé dans ce cœur d'élite qui n'avait connu jusqu'alors que le culte d'une mère ? Peut-être..... mais quel que fût le charme, il ne se l'expliquait alors que par la sympathie qu'il éprouvait pour tous ceux qui souffrent sans consolation. La distinction de Nelly contribuait à l'intérêt qu'il lui portait. Toutefois, les liens sacrés du mariage étaient, aux yeux de Gabriel, un abîme creusé pour toujours entre elle et lui ; et, après les événements de la journée, son âme droite et compatissante ne ressentait qu'une vive et douloureuse sollicitude pour cette première amie, qui serait peut-être morte le lendemain.

Accoudé à sa fenêtre ouverte, Gabriel était en proie à mille pensées tristes ou mélancoliques. Le sommeil ne le sollicitait pas au repos. Son regard contemplait vaguement les derniers éclairs qui s'éteignaient au couchant et les métamorphoses sans fin des nuages laiteux passant et repassant dans l'azur du ciel. Les longues heures de la nuit s'écoulèrent au milieu d'un silence solennel qui encourageait les méditations du jeune homme. Jamais pluie d'orage n'avait développé autant de suaves parfums ; jamais le souffle de la nuit n'avait été aussi tiède et aussi caressant.

Enfin, l'aube blanchissante vint surprendre le rêveur. Gabriel se jeta sur son lit et sommeilla quelques instants. Mais dès que le soleil parut, il se leva résolûment, alluma un cigare et sortit. Il marcha droit devant lui, l'esprit alourdi par l'insomnie, traversa la petite ville dont les rues étaient encore désertes et se trouva bientôt devant le chalet de Mme de Sérona. S'il avait osé, il aurait sonné pour s'informer auprès de la gouvernante de l'état de la malade. Mais l'heure était trop matinale pour une semblable démarche.

Néanmoins, Gabriel restait immobile, le regard fixé sur les volets clos de la coquette habitation, tandis qu'une nuée d'hirondelles tournoyaient en poussant des cris autour des découpures du toit ou se perchaient sur la balustrade circulaire pour répéter leurs gazouillements.

— Quoi! c'est vous, Gabriel? dit tout-à-coup une grosse voix. Que faites-vous donc là de si bonne heure?

— M. Delprat!... fit le substitut avec le tressaillement d'un homme qu'on réveille.

— Je viens, reprit le premier en retenant un malin sourire, prendre des nouvelles de cette pauvre Nelly. Ma femme est auprès d'elle... Au fait, entrons ensemble au rez-de-chaussée, si vous le voulez bien.

Gabriel ne se fit pas répéter cette invitation. Ils furent reçus dans un petit salon tout embaumé du parfum des fleurs et encore enveloppé dans un demi-jour plein de mystère. Mme Delprat vint les y rejoindre. La nuit avait été mauvaise : Nelly avait eu du délire; le docteur était parti tard après avoir laissé comprendre qu'une fluxion de poitrine allait se déclarer et qu'elle ne pouvait être que mortelle pour une jeune femme aussi délicate.

Ces détails ne firent que confirmer les tristes prévisions des deux visiteurs.

Le mal empira avec une effrayante rapidité. Le qua-
trième jour, Nelly était mourante. Elle le sentait; néanmoins, la pensée de sa fin prochaine la laissait calme et
sereine. Elle demanda un prêtre. C'était le soir : ses amis
voulurent assister à la pieuse et navrante cérémonie.
Gabriel lui-même crut pouvoir, à cette heure dernière,
pénétrer dans la chambre de la malade; il s'agenouilla
dans un angle obscur où il ne pouvait être aperçu de
Nelly. C'était la première fois qu'il la revoyait depuis la
néfaste journée : comme son visage était amaigri! Mais,
sous la pâleur mortelle, quelle sublime noblesse idéalisait
ses traits! M. Delprat ne pouvait contenir ses sanglots.
Quant au jeune homme, la douleur l'accablait : le spectacle qui s'offrait à lui le frappait tellement que ses yeux
restaient secs et sa bouche muette. Soudain, la mourante
souleva péniblement la tête, ouvrit les yeux et regarda
autour de la chambre :

— Il est là!... dit-elle en désignant Gabriel. Je sentais
qu'il était là... il prie pour mon âme... merci !

Et ses yeux se refermèrent.

Cependant Nelly ne mourut pas. Le lendemain de cette
émouvante cérémonie, le docteur fut très-surpris de constater une légère amélioration. Quelle puissance surhumaine rattachait donc cette âme à sa frêle enveloppe ?

Le mieux s'accentua chaque jour. Bientôt tout danger
disparut et la malade put reprendre quelque nourriture.
Lorsqu'elle fut en état de se lever, Nelly demanda des
nouvelles de mon ami. Mme Delprat comprit qu'elle aurait
du plaisir à le voir et le fit appeler.

— Je suis encore bien faible! dit la convalescente avec
un pâle sourire en recevant Gabriel. Mais je me sens
guérie. Vous viendrez me voir souvent, monsieur Reynaud,

n'est-ce pas ?... Vous avez un bon cœur, vous .. et je crois
que votre vue me fortifie.

Gabriel promit de venir tous les jours et cet engage-
ment ne lui coûta point. Depuis trois semaines, il ne
songeait qu'à Nelly mourante, et maintenant qu'elle gué-
rissait, toute sa joie allait être de la voir revenir à la
santé et de contribuer lui-même, s'il était possible, à un
rétablissement plus rapide.

On était à la fin de juin et les beaux jours succédaient
aux beaux jours. Après une course matinale, Gabriel
rentrait à son hôtel pendant les heures brûlantes de la
journée et attendait le moment de sa visite à la convalescente.

Le chalet qu'habitait Nelly était ravissant le soir,
encadré dans sa verte pelouse et abrité du nord par ses
grands sapins. Les sourdes rumeurs de la petite ville
parvenaient à peine jusqu'à cette charmante retraite,
tandis que le soleil l'inondait encore de ses derniers
rayons. Les rares promeneurs qui passaient par là s'ar-
rêtaient un instant pour admirer cette fraîcheur et ce
silence; ils devinaient derrière les épais rideaux des
fenêtres ouvertes une atmosphère tiède et embaumée,
puis ils se retournaient en s'éloignant pour chercher
encore à voir un sourire sur la face de cette heureuse
demeure.

Mais, au-dedans, cette *heureuse* demeure avait un
bien autre aspect. Dans l'angle le plus obscur de son
appartement, Nelly était assise auprès d'un feu qui suf-
fisait à peine à la réchauffer. Son visage paraissait livide
à la clarté bleuâtre de la flamme ; ses yeux étaient à
demi fermés et sa tête se renversait sur le fauteuil,
pendant que ses doigts froissaient machinalement les
franges du coussin. Rien n'annonçait la vie dans toute

l'habitation ; de temps en temps, la femme de chambre passait dans le vestibule en étouffant ses pas, et l'on n'entendait plus que le crépitement des tisons, et le tic-tac de la pendule, comme dans la maison d'un mort.

Aussi la visite de Gabriel était un bienfait pour Nelly. Mon ami lui racontait les nouvelles de la ville et du dehors, ou bien il lui lisait quelques pages d'un livre nouveau, de sa voix sympathique et bien timbrée, en ajoutant un commentaire plein de bon sens et d'esprit. Car, à cette époque, mon ami Reynaud était aussi agréable dans l'intimité que glacial dans le monde. Quelquefois, la jeune femme se trouvait en tête-à-tête avec Mme Delprat : mais c'était une personne d'un esprit étroit, qui distribuait plus de conseils que d'encouragements; elle ne pouvait être une amie pour Mme de Sérona, qui préférait encore la grosse gaîté franc-comtoise de M. Delprat lui-même.

Un soir, Gabriel était allé faire sa visite accoutumée par un soleil couchant semblable à une auréole de poussière d'or. La convalescente était seule près de la fenêtre du petit salon, devant un guéridon incrusté d'ivoire sur lequel se trouvaient ses journaux et ses livres ; elle semblait plus isolée que jamais. La pièce était à peine éclairée ; cette journée splendide n'y laissait pénétrer ni un rayon de soleil ni un sourire. Les oiseaux jetaient leurs derniers cris dans les arbres et l'on n'apercevait dans l'intervalle des rideaux qu'un ruban de ciel clair et limpide.

A la vue du jeune homme, Nelly battit des main comme un enfant :

— A la bonne heure ! s'écria-t-elle le sourire aux lèvres. Si vous saviez combien je suis reconnaissante de votre exactitude ! combien je me suis trouvée triste et abandonnée aujourd'hui... Voyez ! voilà ma seule distraction.

Gabriel se baissa et vit un dessin algérien que Nelly avait tracé sur un éventail ; il la félicita de son bon goût et de son habileté ; puis il vint à parler des industries de ce pays où il avait passé plusieurs années. Nelly lui fit vingt questions bizarres ; et de temps en temps, sans y songer, elle jetait sur son visage un regard profond et impénétrable.

— Les étrangers continuent-ils à venir ? demandait-elle. Voyez-vous des visages tristes et souffrants ?... Mais croyez-vous vraiment au bonheur ici-bas ? Puis, se reprenant : — Ah ! j'ai tort de vous assombrir ainsi. Vous accomplissez ici une œuvre de charité, mais je ne veux pas mettre votre générosité à l'épreuve de ma tristesse contagieuse... Pourquoi la vie ne vous sourirait-elle pas, à vous ? Vous méritez si bien d'être heureux !

— Qui vous fait penser, madame, dit Gabriel avec un sourire, que j'aie acquis des droits au bonheur ?

— Vous ? reprit-elle. Je le sais. Il me semble que je vous ai toujours connu.

Et, comme si elle se fût repentie de ce qu'elle venait de dire, elle baissa les yeux et garda le silence. Puis, tout-à-coup, à demi-voix et d'un ton pénétrant, elle ajouta :

— Ne pas se sentir seul, c'est le bonheur le plus nécessaire, si ce n'est le plus grand de tous...

A ce moment, on frappa à la porte : c'était Mme Delprat Gabriel sortit et regagna lentement son domicile. Chemin faisant, ses pensées prirent une teinte mélancolique plus accentuée qu'à l'ordinaire. Il aurait été bien surpris si quelqu'un lui avait dit qu'il aimait

Nelly... Est-il vrai que Mme Delprat eût absolument tort de le craindre ?...

VI

La vie active que mon ami s'était imposée contribuait à le tromper sur la nature de ses sentiments à l'égard de Mme de Sérona.

Il avait trouvé à l'hôtel des bains quelques jeunes hommes, pleins d'entrain et de bonne humeur, qui l'accompagnaient dans ses excursions quotidiennes. Mais il était malgré lui dans une disposition morale qui paralysait toute espèce de plaisir : son esprit restait attaché à l'image souffreteuse de la pauvre Nelly.

Le lendemain de sa dernière visite, il se souvint que son amie avait prononcé cette parole en le quittant : « Ne pas se sentir seul, c'est le bonheur le plus nécessaire... » Ce jour-là, on ne rentra qu'après l'*Angelus* du soir. Malgré l'heure avancée et quoique exténué de fatigue, Gabriel voulut aller jusqu'au chalet.

Nelly était debout sur le seuil de la porte, la tête et le visage à demi cachés sous une mantille blanche, qui faisait paraître son teint légèrement coloré. Dès qu'elle aperçut son ami, elle descendit les degrés pour aller à sa rencontre.

— Puisque vous voilà, dit-elle avec entrain, faisons une petite promenade autour de la pelouse. Je suis beaucoup mieux aujourd'hui, et il fait si chaud !... Oh ! ne craignez rien. Le docteur m'a autorisée à sortir, et vous savez combien il est prudent. J'avoue que ma santé est la plus fantasque du monde... Chez moi, l'âme use le corps, et c'est elle qui le soutient par moments.

Tous deux foulaient à pas lents le sable de l'allée principale et se dirigeaient vers le petit ruisseau qui

formait une limite naturelle au préau de l'habitation.
A travers le feuillage grêle des vieux saules plantés au
bord de l'eau, le soleil laissait voir au couchant les
derniers plis de sa robe orientale. La nature se taisait ;
le murmure monotone des insectes n'en rompait point la
suave harmonie ; l'air était chargé des enivrantes sen-
teurs des foins, et déjà, pour éclairer une belle nuit
d'été, le pâle croissant de la lune projetait sur les champs
sa blonde lumière.

Après quelques questions d'usage, Nelly s'était rem-
fermée dans un profond silence. Des pensées de mélancolie venaient encore l'absorber ; mais son visage,
loin d'exprimer la douleur, respirait le calme et le bien-
être. Gabriel respectait sa rêverie et en savourait le
charme.

— J'ai pris une si grande habitude de l'isolement,
dit tout-à-coup la jeune femme, que je ne sais plus
soutenir une conversation. Avec mes amis, vous le voyez,
j'en use à mon aise.

— Je suis trop heureux, répondit-il, que vous me
comptiez parmi vos amis. Moi qui suis un sauvage et
qui n'ai pas été formé aux délicatesses du monde, je
vous remercie de tout mon cœur, madame, de vous
mettre en quelque sorte à ma portée. Tenez ! vous ne
sauriez croire combien je suis touché de la simplicité et
de la franchise que vous avez à mon égard ! vous avez
apprivoisé un loup, qui était venu à vous sur la foi de
je ne sais quelle attraction irrésistible, et vous le tenez
enchaîné et dompté par la confiance et l'estime...

Ces paroles auxquelles Nelly était loin de s'attendre,
lui causèrent une profonde émotion et lui firent comprendre ce qu'une semblable situation à cette heure
avait de singulier.

— Votre comparaison, reprit-elle avec tout le calme
dont elle était capable, n'est pas flatteuse pour vous...
Quant à moi, hélas ! je suis loin d'avoir le prestige d'une
charmeuse. Dites-le franchement ; ce n'est point le rôle
de chevalier servant de la comtesse de Sérona, qui vous
a séduit lorsque vous avez voulu m'être présenté. C'est
à la pauvre malade abandonnée que votre charité a
tendu la main ; c'est ma faiblesse qui vous attirait et la
souffrance m'a valu votre amitié.

— Peut-être.

— Je remercie Dieu de m'avoir fait connaître un
si notre cœur. Dans mon existence sans but et sans
espoir, je commençais à douter de toutes les créatures...

La fraîcheur augmentait. Nelly eut une petite toux
sèche.

— Voilà, dit-elle, le signal de la retraite.

Les fenêtres du rez-de-chaussée étaient éclairées. La
femme de chambre venait de servir le thé dans le petit
salon ; Gabriel but machinalement et s'éloigna bien vite,
comme si un remords l'eût poursuivi.

Ce soir-là, il s'endormit tard. Une lutte s'engageait
dans son âme. N'était-il pas aussi frappé au cœur, lui
qui se croyait fort ?... Quand donc la sympathie avait-
elle donné place à l'amour ?... Le mal ne s'était-il pas
fait à son insu avant cette soirée charmante ?... Quel
rôle odieux allait-il jouer, s'il dissimulait la passion
sous le voile hypocrite de l'amitié ? Mais ses agisse-
ments ne seraient-ils pas déjà nuisibles à Nélly, et l'assi-
duité de ses visites au chalet ne donnerait-elle pas lieu
à de sots propos dans la ville ?

Rentrée chez elle, Nelly s'était jetée à genoux pour
prier : « Mon Dieu ! avait-elle dit, vous m'avez laissée

seule dans le chemin de la vie ; mais ne m'abandonnez
pas... Je suis égoïste. Je m'attache le cœur le plus généreux qui soit au monde, et déjà, ces liens me trou-
blent et m'effrayent. Imprudente que je suis! .. Comment cela finira-t-il ? Oh ! mon Dieu, donnez-moi votre
force divine. »

VII

M. Grésard vint passer quelques jours à Salins. C'était
un hôte fort aimable, malgré la solitude dans laquelle il
s'était cantonné toute sa v'e. Il avait bien, le cher
homme, conservé certaines manières surannées, et sa
toilette n'était point copiée sur les modes des boulevards.
Mais, du moins, l'oncle Philibert n'ivait pas adopté ce
sans-gêne parfois excessif qui s'est introduit de nos
jours dans la société, et le respect de la femme restait à
ses yeux le premier principe de la chevalerie française.
Voilà pourquoi Mme Delprat professait pour M. Grésard
une estime voisine de la vénération.

Elle attendit son arrivée pour la réception d'amis par
laquelle on devait fêter la guérison de Mme de Sérona.
Vivant à Salins toute l'année, les Delprat voyaient né-
cessairement toute la petite société locale. Mais comme
ils étaient d'humeur fort hospitalière et que leur maison
occupait à peu près le premier rang dans la ville, chaque
année, pendant la saison des bains, certaines familles
étrangères qui leur étaient recommandées trouvaient
chez eux cet accueil plein de cordialité et de bonhomie qui
est devenu proverbial dans le Jura.

Au jour fixé, les invités furent nombreux et la fête
charmante. Le dessus du panier de la ville et des baigneurs s'y trouva réuni, et le salon de Mme Delprat

était déjà rempli de jeunes femmes élégantes, lorsqu'on annonça Mme de Sérona.

Tous les regards se portèrent curieusement sur Nelly. Sa taille souple et gracieuse, ses grands yeux noirs encadrés dans des touffes de cheveux blonds et une toilette d'un goût simple formaient l'ensemble le plus séduisant et le plus original qu'on pût voir. Nelly salua la maîtresse du logis et s'assit auprès d'elle ; puis elle jeta un coup d'œil circulaire autour du salon et ses regards rencontrèrent ceux de Gabriel Reynaud, qui ne l'avait pas revue depuis la promenade au clair de lune : elle abaissa les paupières instinctivement, et le substitut détourna la tête avec embarras.

Quelques personnes avaient remarqué cette pantomime ; car, en relevant les yeux, Nelly vit plusieurs femmes qui chuchotaient en souriant et l'examinaient d'un air bien informé.

Gabriel, de son côté, avait tout compris ; il resta songeur pendant le repas qui fut très-long. Heureusement, la gaîté ne fit point défaut autour de lui. M. Delprat, qui avait à l'endroit de sa cave un amour-propre bien légitime, faisait circuler sans trêve ni merci tous les vins fins qu'elle contenait, rouges et blancs, liquoreux et mousseux. La conversation s'était vite animée et les rires les plus vibrants répondaient aux bons mots qui s'entrecroisaient ; ce fut un feu roulant jusqu'à l'heure où les convives rentrèrent au salon.

Le café pris, une jeune femme se mit au piano et, après un brillant prélude, joua d'une main exercée le premier quadrille. Nelly s'excusa comme convalescente de ne pouvoir danser. Au quadrille succéda une valse et une polka... Tout le monde était entraîné : l'oncle Philibert lui-même, cédant à un mouvement irrésistible, venait de demander une *contredanse* à une dame d'un âge déjà mûr qu'il avait connue demoiselle, et M. Delprat rivalisant d'amabilité avec son épouse se glissait entre les groupes pour offrir des consommations.

Tout-à-coup un domestique vint dire quelques mots à la maîtresse de la maison, et celle-ci s'approcha de Nelly, qui sortit horriblement pâle.

A ce brusque départ, les danses s'arrétèrent, le piano cessa de vibrer et au même instant le roulement d'une voiture qui s'éloignait se fit entendre dans la cour ; puis, plus rien.

Deux hommes, debout dans l'embrasure d'une fenétre, se regardèrent comme deux augures.

— Qu'est-il donc arrivé ? se demandait-on tous bas.

— Ce doit être le baron Heuffzel ! pensa le substitut.

En effet, c'était lui. Il y avait un an que sa femme n'avait eu de ses nouvelles. On lui avait appris seulement que le banquier, convaincu d'entretenir des relations suspectes avec la Prusse, avait quitté l'Alsace et transporté ses comptoirs à Berlin.

Le mari attendait sa femme dans le petit salon du Chalet. Nelly entra pâle et tremblante d'émotion. Le baron était debout, impassible, adossé à la cheminée, la main droite passée dans sa redingote boutonnée, dans l'attitude d'un officier allemand en présence d'un subalterne. Il n'avait pas changé. Sa haute taille ne se voûtait point encore ; son œil terne lançait par intervalles les mêmes éclairs sinistres que Nelly connaissait ; son front assez vaste était à peine dégarni ; sa barbe épaisse et fauve témoignait seule, à son extrémité grisonnante, que la vieillesse avait prise sur cette robuste constitution.

— Madame, dit-il, vous êtes mieux, puisque vous allez dans le monde. Tant mieux pour vous, si vous vous amusez... mais vous ne devez pas attendre les mauvais jours pour quitter Salins. D'ailleurs, ajouta-t-il avec affectation, il m'est avis que votre intérêt vous ordonne de partir. J'ai décidé ainsi, et j'aurai le plaisir de vous accompagner.

— Merci, répondit Nelly à bout de forces.

— Quand voulez-vous partir? reprit le baron.

— Dès qu'il vous plaira... Demain. Je suis prête.

VIII

Le lendemain était un dimanche. La famille Delprat avait l'habitude d'assister à la messe avec Gabriel dans une petite chapelle bâtie à flanc de coteau, en dehors de la ville. Le chalet de Mme de Sérona était tout près de là et l'on s'y rendait presque toujours après l'office.

La soirée de la veille s'était terminée de bonne heure. Après le départ subit de Nelly, les invités n'avaient pas tardé à comprendre qu'il se passait quelque chose de pénible. Gabriel s'était presque enfui et Mme Delprat, voyant toutes ses appréhensions se réaliser n'avait cherché à retenir personne.

Le matin, dès sept heures, chacun se rendit, comme à l'ordinaire, à la chapelle. Au son clair et uniforme de la petite cloche, les paysans pressaient le pas, et les jeunes filles enrubannées marchaient gaiement leur livre d'heures à la main. La flèche gothique, étincelante au soleil et svelte comme un jeune pin, s'enlevait en vigueur sur les buis verts qui tapissaient le fond du tableau. Sous le porche de la blanche chapelle, des jeunes gens se groupaient graves et recueillis. Lorsque Gabriel eut franchi le seuil sacré, son regard interrogea bien vite les recoins de l'étroite enceinte : il aperçut Nelly agenouillée près d'un pilier et le visage plongé dans ses mains.

— *Kyrie eleison! Christe eleison !...* La messe commençait ; le prêtre, vêtu d'une chasuble de fête, venait de monter à l'autel. Des laurelles en fleurs étaient disposées symétriquement do chaque côté de la nef. La grande rosace qui dominait le chœur resplendissait de tout l'éclat du prisme et les rayons qui la traversaient projetaient les couleurs rouges, bleues et orangées sur l'autel de marbre et sur les voûtes légères. La puissance du Créateur se faisait sentir dans cet humble sanctuaire.

— *Gloria in excelsis Deo et hominibus bonæ voluntatis....* dit le prêtre au milieu du silence. Et le sacrifice continua. Gabriel pensait malgré lui à l'évènement de la veille. Qui avait pu déterminer la soudaine arrivée de M. Heuffzel ? Le baron aurait reçu quelque perfide rapport à son sujet ?... cette pensée lui faisait craindre pour Nelly. Quant à lui, fort de sa conscience et de sa nouvelle affection, il saurait bien tenir l'attitude qui conviendrait.

— *Sursùm corda !... Sanctus, sanctus, sanctus, Dominus Deus Sabaoth...* Le prêtre éleva l'hostie, tandis que les assistants s'inclinaient.

En relevant la tête, Gabriel jeta les yeux dans l'ombre du pilier. Un rayon tombant plus droit du vitrail du saint éclairait en plein le visage de Nelly et des larmes coulaient sur ses joues. Lui aussi fut ému. Il avait en vain lutté contre les sentiments qui s'étaient emparés de son cœur : la compassion et la haine les enracinaient plus profond.

— *Agnus Dei qui tollis peccata mundi, miserere nobis!... Agnus Dei qui tollis peccata mundi, dona nobis pacem !* .. A ces paroles dont le sens contrastait si fort avec le combat qui se livrait en lui, Gabriel sortit

en contenant ses sanglots et se dirigea vers la montagne.
Il erra tout le jour, sans savoir où il allait, l'esprit pa-
ralysé par des pensées confuses.

Le soir, en entrant dans sa chambre, il trouva une
lettre sur la table. Il la lut anxieusement :

« Monsieur et ami,

« Lorque nous nous sommes quittés l'autre jour, nous
« ignorions l'un et l'autre que nous nous disions un
« adieu définitif. Le baron Heuffzel a voulu se souvenir
« de ma chétive existence. Mon mari m'emmène, je pars
« aujourd'hui même. Où me conduira-t-il ? Je ne sais.

« Vous qui avez été si généreux pour moi, recevez
« mes remerciements. Il me reste peu de mois à vivre ;
« mais ma reconnaissance envers vous sera éternelle.
« Peut-être ai-je été égoïste... J'étais si malheureuse !..
« Pardonnez-moi, si ma triste dépouille avait été pour
« vous un sujet de trouble. Oubliez-moi, je vous en con-
« jure ! Vous le dirai-je ? Je crois que la ville s'est oc-
« cupée de vos visites au chalet ; il faut aussi que je vous
« en demande pardon ; me serais-je doutée, pauvre
« lépreuse, que je serais un danger pour celui qui
« aurait pitié de moi ?...

« Adieu.   NELLY DE SÉRONA »

Les derniers coups de l'heure sonnaient à la pendule.
Gabriel s'approcha de la fenêtre ouverte. La rue était
déserte et silencieuse. Le substitut resta quelque temps
absorbé dans ses pensées. Il entendit toutes les horloges
de la ville qui sonnaient l'heure avec des sons divers et
il fut étonné qu'il y en eût un si grand nombre à Salins.

Le lendemain, après un sommeil agité, il courut résolûment auprès de M. Grésard. L'oncle Philibert écouta

silencieusement les confidences de son cher enfant, et quand celui-ci eut achevé, il le prit dans ses bras et le pressa contre son cœur avec effusion.

— Tu es un brave enfant, lui dit-il. Eh bien ! puisque tu en as le courage, repars, Gabriel ! mon enfant... cela vaut mieux. Fais ton devoir... moi, je serai seul deux mois plus tôt... Voilà tout ! J'y suis bien habitué... »

Et de grosses larmes tombaient sur sa moustache blanche.

———

DEUXIÈME PARTIE

IX

A l'heure où nous sommes arrivés, Gabriel Reynaud, épuisé par le climat meurtrier de l'Afrique, avait quitté la magistrature, après avoir en vain sollicité une nomination en France. Avec cette énergie et cette force de volonté qui ne l'abandonnèrent jamais, il était revenu dans cette ville de Dijon, toute pleine encore de ses souvenirs d'étudiant, et avait pris place dans les rangs du barreau, où son talent était aussi remarqué que son honnêteté et sa parfaite courtoisie.

Un jour, je reçus de mon ami une invitation à son mariage. Grâce aux belles relations de l'oncle Philibert, qui était pris fort au sérieux avec ses velléités aristocratiques et qui portait aux nues son *petit* Gabriel, comme il l'appelait toujours, le jeune avocat venait d'obtenir la main de mademoiselle de Bénors, issue d'une très-ancienne famille de Franche-Comté. C'était une charmante brune qui apportait à son mari la plus belle âme et la

plus grosse dot qu'il pût souhaiter ; mais il était digne
d'un tel présent.

Lorsque Gabriel vint me serrer la main à la porte du
château, il avait le regard rayonnant de bonheur et le
sourire triomphant ; ce jour là, pensait-il, mettait un
terme aux luttes et aux difficultés de sa jeunesse et
inaugurait une nouvelle existence pleine d'heureux
gages, dont il sentait tout le prix,

La cérémonie fut courte. Le soleil inondait de ses
rayons les murailles du sanctuaire ; les fleurs répandaient de suaves parfums ; l'attidude des assistants, la
touchante allocution du vieux curé, tout respirait un air
de fête. Il semblait que le mouchoir de la belle-mère
tout mouillé de larmes fût le seul élément de tristesse
qu'il y eût à déplorer.

Les jeunes époux partirent sous ces favorables augures. Ils s'éloignèrent au bras l'un de l'autre, encore
entourés d'un léger nuage d'encens, l'épouse un peu
gênée dans sa robe blanche et un peu embarrassée de
l'air imposant de son époux. La voiture les attendait au
bord de la pelouse, au milieu de la foule des villageois,
qui, en entendant claquer le fouet, se dispersèrent en
criant derrière le nuage de poussière : « Bon voyage !
Bon voyage aux époux ! »

Bon voyage ! et ne vous retournez plus vers tout ce
que vous laissez sous ces arbres qui fuient, madame !
Ces longues rêveries de la chambrette à fleurs bleues,
ce volume de poésies si souvent feuilleté, cette petite pendule sur laquelle vous jetiez tant de coups d'œil furtifs en
cousant auprès de votre mère, à l'approche de l'heure où
le jeune homme — l'autre — avait l'habitude de venir,
et cette dernière poignée de main que vous lui donniez à
son départ pour l'École, avant de courir vous cacher dans

votre chambrette comme un oiseau blessé... Et toi,
Gabriel, tous les souvenirs joyeux ou tristes qui rempli-
rent les pages de ton journal de jeune homme, t'en sou-
viens-tu ? Et ce billet singulier, sans autre date que
celle déjà lointaine d'une amère douleur et d'une sublime
résolution. ne l'as-tu pas oublié ?

XI

Depuis ce jour, il était passé de l'eau sous le pont.
Gabriel s'était marié ; l'oncle Philibert était mort ; et
nous étions invités, chez mon ami Reynaud, pour une
autre fête de famille, la naissance de son premier
enfant.

C'étaient les mêmes visages d'amis, la même belle-
mère allant et venant du même air affairé, la même jeune
femme belle comme au jour du mariage, souriant comme
alors, mais d'un autre sourire, encore un peu pâle et
reposant sur une chaise longue.

Gabriel avait un air singulier avec ce fagot de batiste
et de dentelles qu'il portait sur les bras ; il triomphait de
bonne foi et faisait admirer à ceux qui y étaient disposés
comme à ceux qui ne l'étaient pas le petit coussin qui
s'agitait avec mille contorsions et qui faisait entendre
de temps en temps de petits cris plaintifs.

— Ah! il est adorable l'ami Reynaud, avec son mar-
mot sur les bras ! dit un ancien camarade célibataire,
en s'approchant du papa.

— Laissez-moi voir ; le bébé a déjà des cheveux !
s'écria Charles pour atténuer cette observation maligne.

— Oui, des cheveux blonds, répondit Gabriel.

— Tous les bébés ne sont-ils pas blonds ? dit le docteur Albert.

— Mais, mon cher, c'est ton portrait vivant : voilà
bien ton front, ton nez... Oh ! ton nez surtout ! quelle
réduction parfaite !

— Curieux ! s'écria un autre, comme nous sommes
faits, quand nous venons au monde !

— Mon cher Vimeux, reprit Gabriel, quand tu auras
des enfants tu seras comme moi, je te le prédis, et tu
seras tout fier de les faire sauter dans tes bras.

— Eh !... je veux le croire, quand j'en aurai.

En même temps, dans la chambre voisine faiblement
éclairée et toute pleine d'une chaude atmosphère, les
amies intimes de Mme Reynaud faisaient cercle autour
d'elle, la comblant de prévenances et de petits conseils.
Par intervalles, quand sa femme était seule, Gabriel
s'approchait d'elle et lui disait quelques mots à voix
basse :

— Ma Louise, te voilà bien ?

— Très bien ; mais tout ce monde me fait un peu
tourner la tête.

Les hommes s'étaient peu à peu retirés dans le cabinet
de Gabriel pour fumer et causer plus à l'aise. On de-
visait de toutes choses au milieu d'un nuage bleu qui
s'épaississait de minute en minute et qui voilait délicieu-
sement la flamme des bougies. L'inévitable politique
avait défilé des premières ; la question allemande était
venue à son tour, suivie de celle des armements ; un
spéculateur avait dit son mot sur la cote de la Bourse
et deux avocats achevaient des plaidoiries inédites pour
un procès en diffamation qui attirerait la cour et la ville.

— Ah ça ! s'écria Charles en jetant au feu le bout de
son londrès, nous ne sommes ici ni au palais ni à la
Chambre, et, pour peu que cela continue, j'irai causer
de chiffons auprès de ces dames.

— C'est vrai ! dit Vimeux ; mais alors dites-nous quelque intéressante nouvelle.

— Vous savez comme moi que les nouvelles sont rares à Dijon.

— Elles sont toujours nombreuses pour un homme aussi répandu que vous l'êtes. A propos, avez-vous rencontré dans l'avenue cette femme qui se promène toujours seule ?

— Dans l'allée gauche ?

— Justement. La connaissez-vous ?

--- Non. Elle n'est pas de la ville.

-- Je lui trouve même une expression étrangère.

-- Dites *étrange*, quoiqu'elle ait dû être remarquablement belle.

— Cette femme, ajouta Vimeux, me paraît souffrante ou malheureuse.

Lorsqu'elle marche à pas lents, elle regarde sans cesse si quelqu'un vient, et dès qu'on s'approche, elle semble vouloir se dissimuler. Je l'ai vu entrer deux fois à l'Hôtel du Parc, qui est à proximité de l'avenue. Je suppose qu'elle y demeure.

— Ah ! dit le docteur Albert qui avait écouté attentivement cette conversation, je la connais, je suis son médecin.

— Comment se nomme-t-elle ?

— Je ne sais pas. Pour moi, comme pour les gens de l'hôtel, c'est la *dame du n° 16*... Elle occupe trois pièces au deuxième étage avec sa gouvernante. Elle m'a dit seulement qu'elle vit loin de son mari depuis quatre ans et qu'elle n'a plus ni parents ni amis ; je n'ai pas cherché à en savoir davantage. Elle doit être Alsacienne, car l'éducation n'a pu faire disparaître une légère accentuation allemande. D'ailleurs, c'est une malade fort intéressante, et il est bien regrettable qu'elle soit condamnée...

— Pouvez-vous, reprit Charles, nous dire quel est son mal ?

— Il est assez visible. La pauvre femme est au troisième degré de la phthisie. La science ne réussira qu'à prolonger sa vie pendant quelques semaines. Je ne comprends pas que les médecins l'aient envoyée ici dans un pareil état. Mais elle ne repartira pas...

Gabriel, qui était entré depuis quelques minutes, entendit la fin de cet entretien. Quand le docteur eut fini de parler avec le calme d'un homme du métier, il y eut un instant de silence ; son récit avait jeté une ombre sur la gaîté un peu bruyante de ces jeunes hommes. Gabriel passa la main sur son front à plusieurs reprises et fit des efforts pour ranimer la conversation. Quelques-uns de ses amis commencèrent à tirer leur montre et à se lever pour sortir. Alors le maître de la maison distribua des poignées de mains à droite et à gauche, et dit au docteur :

— Je vous retiens un instant, Albert ; il me semble que Louise a un peu de fièvre. — Puis, me prenant la main, il me regarda comme s'il eût voulu me dire quelque chose ; mais il n'ouvrit pas les lèvres et je compris son hésitation :

— Au revoir, lui dis-je, et à bientôt, n'est-ce pas ?

Le docteur me rejoignit au bas de l'escalier.

— Elle a un peu de fièvre, me dit-il. Le babil de ces femmes l'a un peu étourdie. Mais que diable a son mari ? Il m'a fait vingt questions sur ma malade de l'hôtel du Parc. Je ne l'ai jamais vu si impressionnable.

Le silence s'était rétabli dans la maison. En rentrant dans la chambre à coucher, Gabriel avait trouvé l'enfant endormi dans sa couchette blanche et la jeune mère à moitié assoupie. Il s'était assis avec précaution au pied du lit. Le repos, le silence, la lumière tamisée de la veilleuse répandaient dans son âme une ineffable sérénité ; il se sentait entouré d'une paix solennelle ; cette chambre tranquille avait une physionomie pure et riante, et aussi toute nouvelle : comme elle était plus remplie, depuis que le petit berceau occupait un bel espace entre le lit et le canapé !

On entendait encore dans la rue les derniers bruits d'une ville qui s'endort ; le roulement sourd des rares voitures qui rentraient à la remise, le choc des dernières portes qui se fermaient, le pas précipité des gens qui revenaient du café ou du théâtre, et au milieu de toutes ces lointaines rumeurs la respiration un peu irrégulière de sa femme qui semblait s'unir au souffle presque insensible du frêle petit être endormi près d'elle. Les yeux de Gabriel allaient du lit au berceau, de l'une à l'autre de ces faibles créatures qui reposaient sous sa protection ; un sentiment de force et de plénitude de vie s'élevait dans son cœur. Le fauteuil dans lequel il était assis devenait plus moelleux, la clarté de la veilleuse était plus douce ; le sommeil ne l'obsédait pas, et ce calme profond le reposait assez des ennuis de la journée.

Par un enchainement tout naturel, mon ami vint à comparer son bonheur présent à la situation de ceux qui étaient aux prises avec les difficultés de la vie. Dans une demi-somnolence, il rêvait à ses amis, et de l'un à l'autre il revoyait son propre passé : les chagrins de sa première jeunesse et la touchante image de sa mère, les folles aspirations et les nobles enthousiasmes, les steppes immenses de l'Afrique, les chevaux arabes, les courses à tous crins sous le soleil de plomb et la lumière aveuglante ; enfin tout ce passé d'hier qui lui semblait déjà si loin et qui se rattachait aux dernières paroles de ses amis et au récit du docteur, Gabriel le revoyait les yeux fermés, en un instant il revivait toute sa vie.

Louise dormait : son blanc visage encadré de boucles brunes était tourné vers lui et empreint d'une suave expression.

Bientôt, elle vint à blémir, ses traits prirent l'aspect rigide de la mort ; Gabriel vit se dessiner vaguement un profil qu'il connaissait et qu'il avait cru entrevoir quand on avait parlé de la promeneuse du Parc. Ces cheveux noirs sur cet autre visage avaient quelque chose d'effrayant. Mon ami se leva pour chasser cette étrange hallucination, s'approcha de Louise, et l'embrassa doucement. Puis il parcourut la chambre du regard, se pencha sur le berceau, contempla longuement le petit qui respirait la bouche entr'ouverte, et, tout pénétré d'un sentiment nouveau, il déposa sur cette petite tête rose un gros baiser paternel qui réveilla l'enfant avec de grands cris.

X

L'hiver touchait à sa fin, les jours étaient déjà grands et le soleil de midi bien doux. Mme Reynaud reprit en peu de jours sa fraîcheur et sa bonne santé ; le docteur lui permit quelques promenades en voiture, et bientôt elle put sortir à pied accompagnée de son bébé bien emmitouflé. Qu'elle était heureuse, la jeune mère, de montrer son chef-d'œuvre, et avec quelle intime satisfaction elle recueillait les compliments qui s'adressaient à l'enfant ! De son côté, Mme de Bénors, dans son rôle de grand'mère, rivalisait avec sa fille de précautions et de soins minutieux pour son petit-fils, qu'elle eût proclamé le plus beau des enfants des hommes, si l'Ecriture n'avait réservé ce qualificatif au fils de Dieu.

Un matin, elle se précipita dans la chambre de Louise avec un air effaré :

— Devine qui est arrivé? lui dit-elle. Ton cousin Francis, en permission pour deux mois! Si tu voyais comme il est beau garçon!... Il vient de Saïgon, le pauvre enfant, à bord du *Jeanne-d'Arc*; il a débarqué à Marseille, après avoir fait le tour de la mer ; et pourtant il m'a semblé le voir tel qu'autrefois et je l'ai embrassé comme quand il était petit. Il m'a demandé de tes nouvelles et m'a dit qu'il viendrait te voir aujourd'hui même.

Gabriel était sorti et Louise était seule, cousant une chemisette pour petit Paul. Les paroles de sa mère lui causèrent une vive émotion, car elle devint pâle et ne put dire un seul mot. Elle laissa retomber ses mains sur ses genoux, pendant que Mme de Bénors continuait à parler ; puis elle réfléchit que Francis devait revenir tôt ou tard, qu'elle l'avait toujours prévu et que c'était la nouvelle inattendue de son retour qui causait son émotion. Lorsque sa mère se fut retirée, la jeune femme resta un peu inquiète ; elle aurait presque désiré que son cousin ne fût pas venu ou qu'il eût au moins retardé d'un jour sa visite ; elle souffrait d'avance de l'embarras d'un tête-à-tête avec lui. Comment l'aborder ? Devait-elle le tutoyer encore ? Tantôt elle désirait que son mari fût présent, tantôt elle se félicitait qu'il n'y fût pas.

Enfin, la porte s'ouvrit. Francis était un beau garçon de vingt-cinq ans, doué d'une physionomie ouverte et sympathique. Il s'avança plein d'empressement, prit les mains de Louise et les serra avec tant de cordialité et de franchise que l'embarras de la jeune femme disparut subitement. Francis s'assit auprès d'elle, aborda carrément la question épineuse du tutoiement et engagea la conversation comme si elle avait été interrompue la veille. Louise respirait librement et souriait comme pour remercier son cousin de lui avoir enlevé un fardeau.

— Sais-tu, disait le jeune homme, que j'appréhendais de te revoir ? Te voilà grande dame, tu as un fils ! Sans ta mère, j'aurais remis ma visite à demain comme un poltron. Mais dès que je t'ai vue, il m'a semblé que je t'avais quittée hier dans ta petite chambre bleue de Bénors ; et je te tutoie comme alors, parce que je te retrouve la même... mais, je me trompe, tu es encore plus belle. Et ton bébé, me le feras-tu voir ?

— Oui, si tu dînes avec nous. Je te présenterai aussi mon mari.

— Ah ! voilà qui est grave ! Comment pourrai-je te tutoyer devant lui ? Tu ne serais plus, sous ses yeux, mon ancienne petite cousine. Ce monsieur, que je ne connais pas, me regarderait de travers et franchement je le trouverais cruel de m'avoir pris ma Louisette..... Hélas ! ce qui est fait est bien fait. Tu avais une belle dot à offrir, et moi, je n'avais en perspective que les épaulettes de sous-lieutenant, sans compter beaucoup d'illusions... C'est égal. La mer, les voyages, ce n'est pas une vie banale, ma chère amie ! Combien de fois j'ai pensé à toi là-bas !... Il y a de bons et de mauvais jours : les uns font oublier les autres. Je te raconterai tout cela devant ton mari ; cela rompra la glace. Et toi, es-tu heureuse ! A présent, vois-tu, je ne puis plus t'appeler que Mme Reynaud.

— Je vais te montrer mon petit Paul, dit Louise en se levant.

— Tu as bien le temps, puisque je suis ici pour **deux** mois. Je viendrai te voir tous les jours, si tu me le permets.

— Avec plaisir. — Elle revint aussitôt en apportant son enfant. — Le pauvre petit n'est pas bien depuis hier; il est un peu pâle... Comment le trouves tu?

— Il ressemble à son père.

— Tu ne le connais pas!

— Ton mari est-il bel homme?

— Tu le verras.

— Quel singulier effet tu me produis avec ton moutard sur les bras.

— Je te prie de ne pas donner ce vilain nom à mon petit Paul.

— Pardon! Je ne m'habitue pas à l'idée que tu es mère de famille. Ah! si j'avais été capitaine!... Enfin, je ne puis pas en vouloir à M. Reynaud, si tu es heureuse avec lui. Mais tu ne sauras jamais ce que j'ai éprouvé lorsque j'ai reçu la nouvelle de ton mariage... Vois-tu? Les sentiments n'ont pas trop le temps de s'émousser dans l'infanterie de marine. Pendant les longues expéditions, te l'avouerai-je? souvent la mélancolie me montait au cœur et le souvenir de ceux que j'avais laissés en France m'ôtait toute énergie..

— Cher Francis! dit Louise tout émue, en lui tendant la main.

A ce moment, Gabriel entra sans frapper. — Mon cousin Francis, dit la jeune femme. Mon mari.

Gabriel accueillit son cousin à bras ouverts et l'invita aussitôt à diner. Francis s'excusa de ne pouvoir accepter sous le prétexte de visites à faire. Ils parlèrent de voyages et de choses diverses, puis Gabriel sortit.

— Eh bien! demanda Louise, comment trouves-tu mon mari?

— C'est une nature sympathique. Je crois que nous serions vite à l'intimité, s'il n'était pas ton mari. Veux-tu que je te le dise? Pendant qu'il était là, il me semblait que tu étais à cent lieues. N'as-tu pas remarqué que nous avons louvoyé sans cesse pour éviter le *tu..*, cela m'est pénible!

Après le départ de Francis, la jeune femme resta quelque temps pensive, avec son enfant sur ses genoux. Peu à peu, petit Paul se mit à agiter ses petits bras; Louise, dont la pensée partie de la chambrette bleue de Bénors, était revenue d'un long voyage dans les régions lointaines que son cousin avait parcourues, fut rappelée à la réalité par les mouvements de l'enfant et se mit à jouer avec lui.

Le sous-lieutenant vint tous les jours, comme il l'avait promis. Mais Louise n'éprouvait plus à sa vue ce trouble inexplicable qu'elle avait ressenti la première fois. Ils causaient familièrement en présence de Gabriel qui ne songeait nullement à en prendre de l'ombrage. Les souvenirs de l'adolescence faisaient le sujet habituel de leurs conversations et tous deux avaient un plaisir extrême à revoir ensemble ces années d'insouciance et de bonheur. Une étroite amitié s'était formée peu à peu entre petit Paul et Francis. Quant à Mme de Bénors, elle ne quittait plus son neveu qu'elle considérait comme un héros; et toute la ville apprit de sa bouche l'histoire amplifiée et commentée du voyage à Saïgon.

Mais on eût dit que l'excellente femme se plaisait particulièrement à raconter une certaine anecdote de banquier allemand qui, se trouvant à bord du même bâtiment

que Francis, lui avait prêté mille francs sur sa bonne
mine, et lui avait même dit, en apprenant qu'il se rendait
à Dijon, que sa femme habitait cette ville.

— C'est le baron... ? demandait la tante.

— Le baron Heuffzel, répondait le neveu.

— Je ne puis jamais me souvenir de son nom, reprenait Mme de Bénors. Dans tous les cas, c'est un homme
aimable, dont on aimerait à faire la connaissance. Il a
dit à Francis que sa femme habite Dijon : mais je ne crois
pas l'avoir vue, cette dame Heuf.., Heuffzel.

Lorsque ce détail qui n'avait par lui-même aucune im-
portance, avait été raconté devant Gabriel, au nom de
Heuffzel il avait tressailli de tous ses membres ; ce singulier mouvement n'avait point échappé à Louise et à
Francis. Depuis ce jour, mon ami en voulut malgré lui à
son cousin d'avoir mis à nu les replis les plus secrets de
son cœur et de lui avoir enlevé peut-être l'estime et
l'affection de Louise.

XII

— Qu'a-t-il donc? demandait Francis avec sollicitude.
Louise détournait la question parce qu'elle-même sentait
quelque chose d'extraordinaire dans les allures de son
mari.

Cependant un concert de bienfaisance s'organisait
dans la ville. La société aristocratique de Dijon ne va
guère au théâtre que dans de semblables occasions ; mais
alors, comme il s'agit d'une bonne œuvre, chaque famille
tient à s'y trouver au complet. Plusieurs mois à l'avance,
les mères promettent à leurs filles cette fête des pauvres
où elles-mêmes ont jadis, pour la première fois, éprouvé
les enchantements de l'orchestre et contemplé les splen-

deurs du lustre. Du, reste rien de plus classique et de plus
irréprochable que le petit opéra final : la tradition veut
que l'on donne le *Chalet* ou les *Noces de Jeannette,* sans
quoi ces demoiselles resteraient au logis, pour n'avoir point
le désagrément d'être ramenées au milieu du spectacle.

Enfin cette soirée de délices arriva. Gabriel s'était fait
un devoir de retenir une loge pour toute sa maison et je
fus prié d'y prendre aussi ma place. A midi, toutes les
voitures étaient louées pour le soir; à six heures, une
longue file se formait depuis la place d'Armes jusqu'à
l'église Saint-Michel. Le péristyle du théâtre regorgeait;
c'était un flot de soie et de dentelles qui peu à peu, lentement, s'engouffra dans la porte béante de l'édifice.

Nous pénétrâmes à notre tour et nous nous installâ-
mes dans une loge de côté. Cette place était excellente
pour jouir du coup d'œil de la salle : tout était comble
aux fauteuils, aux premières et au foyer; les petites pla-
ces seules étaient dégarnies ; ce n'était pas leur jour. Les
lorgnettes commençaient à se braquer de toutes parts,
pendant que l'orchestre préludait; les toilettes les plus
fraîches et du meilleur goût, les visages roses et bien
éveillés des jeunes filles, les brillants uniformes des officiers offraient un ensemble chatoyant auquel les habits
noirs donnaient du ton et de la gravité. L'atmosphère était imprégnée d'un parfum de bonne compagnie
qui s'exhalait en bouffées sous le jeu des éventails, pendant qu'on se saluait discrètement d'une place à l'autre.
Quand je ramenai les yeux sur la loge que nous occu-
pions, ce que j'aperçus me frappa évidemment plus que
tout le reste : à côté de sa fille élégamment parée et d'une
rare beauté ce soir-là, Mme de Bénors portait crâne-
ment une coiffure composée de rubans orangés ; c'était
sans doute un parti pris.

Le silence s'était établi et l'ouverture commençait. Je remarquai que la loge qui nous faisait face restait vide, tandis que les autres étaient occupées, et j'attendis vaguement qu'on vînt en prendre possession. Mais le temps s'écoulait et personne n'apparaissait. Cependant Gabriel jetait souvent un regard furtif vers la loge vide et je lui trouvai un air contraint et inquiet. Cela m'intrigua un peu ; je me reculai légèrement et au moyen de ma lorgnette j'entrevis distinctement, au fond de la loge, un visage de femme pâle et amaigri, avec de grands yeux qui brillaient dans l'ombre ; cette apparition me glaça. Les grands yeux noirs qui ne croyaient pas être vus étaient dirigés sur nous avec une fixité singulière et douloureuse. De son côté, Gabriel était en proie à une sourde agitation ; il parlait avec vivacité des choses les plus diverses, et deux ou trois fois il avait pris son chapeau et l'avait reposé avec des mouvements nerveux. Mme Reynaud, qui avait causé gaiement depuis notre entrée, regarda son mari, leva les yeux et devina plutôt qu'elle ne vit l'objet de son trouble. Tout à coup Gabriel sortit sans rien dire.

Louise ne fit pas la moindre observation ; mais elle devint pensive, et au bout d'un instant, elle me fit part de son inquiétude au sujet de son petit Paul qui était souffrant. Dans les intervalles de silence, une toux saccadée se faisait entendre du côté de la loge mystérieuse : je comprenais aussi le pas mesuré du docteur Albert qui se promenait dans le couloir avec Gabriel. Enfin, celui-ci revint auprès de nous et fut plus affectueux que jamais pour sa femme, néanmoins il souriait avec effort et je vis bien que son inquiétude inexplicable ne l'avait pas quitté.

Depuis quelque temps, je prenais mes repas à la table d'hôte de l'hôtel du Parc. Nous y étions en petit comité ;

quelques officiers, un professeur de l'Ecole de droit et de jeunes avocats, tels étaient les éléments de notre société.

Peu de jours après le concert de bienfaisance, comme je sortais de table, un garçon qui m'épiait depuis un instant, me dit à l'oreille qu'une dame désirait me parler et qu'il allait me conduire à son appartement. Je montai machinalement l'escalier intérieur, je traversai un long corridor et je m'arrêtai devant une porte à laquelle le garçon venait de frapper.

Je lus : N° 16. Ce fut un trait de lumière. Je me souvins alors que le docteur Albert nous avait parlé d'une femme qui habitait l'hôtel, et je ne doutai pas que la mystérieuse inconnue du théâtre ne fût la même personne. En effet, j'avais remarqué l'émotion de Gabriel dans ces deux circonstances. Mais pourquoi cette émotion ? et qu'est-ce que cette femme pouvait avoir à me communiquer ?

J'avoue que je fus saisi d'un battement de cœur en franchissant le seuil.

Le jour baissait ; l'inconnue avait sans doute choisi à dessein cet instant favorable à une pénible confidence. Quoiqu'on fût au mois de mai, un grand feu brûlait dans la cheminée ; c'est à cette lumière incertaine que je vis une ombre noire se lever et m'indiquer un siége. Peu à peu, je pus distinguer ses traits, malgré le soin qu'elle prenait de dissimuler son visage dans l'obscurité. Je ne me trompais point : c'était la même femme, c'étaient les mêmes yeux, fiévreux et maladifs, qui m'avaient si fort impressionné. Une tresse blonde et soyeuse, seul reste d'une beauté ruinée par la souffrance, tombait négligemment sur son épaule, rejetée comme une parure inutile ; ses mains, encore plus pâles que son visage, se croisaient sur ses genoux et pressaient un chapelet de perles. Il me semblait que, debout derrière elle, la mort attendait sa proie. Je n'oublierai jamais ce spectacle.

Elle se taisait, comme pour vaincre une dernière répugnance ou se ressouvenir de ce qu'elle voulait me confier. Puis elle leva la tête avec un triste sourire.

— Monsieur, me dit-elle lentement, vous trouvez cette démarche bien singulière, sans doute. C'est une fantaisie de malade, et je n'ai pas le temps d'attendre une présentation... Vous êtes l'ami de M. Gabriel Reynaud, je vous ai vus ensemble au théâtre. J'aimerais à m'entretenir avec vous de son grand cœur et de ses nobles qualités, si je n'avais hâte de vous apprendre de quelle manière je l'ai connu... Mais peut-être vous a-t-il parlé d'une jeune femme dont il fit la connaissance à Salins, lorsqu'il y fit une saison d'eaux ?

— Il m'a tout raconté depuis.

— Alors vous savez suffisamment qui je suis. — Elle ferma les yeux et reprit avec un accent plus profond :
— J'espère qu'il m'a pardonné les peines que je lui causai alors... Il est marié?...

— Oui, madame.

— Est-il heureux ?

— Je le crois,

— Sa femme m'a paru charmante. — A ces mots, elle inclina la tête dans sa main et garda de nouveau le silence. — Ah! reprit-elle, si vous saviez qu'il est triste de mourir! et de mourir seule dans une chambre d'hôtel !...

Je ne trouvai rien à répondre ; nulle consolation n'était possible à tant de douleur. Mais l'impression que me causèrent ces paroles me firent comprendre ce qu'eût ressenti le cœur de Gabriel s'il eût été à ma place.

— Merci, Monsieur, me dit-elle en se levant avec résolution. Faites-moi la promesse de ne point parler de votre visite à Gabriel Reynaud.

Elle m'accompagna jusqu'à la porte avec assez de calme; seulement, lorsque je me retournai sur le seuil pour la saluer, son visage était caché dans son mouchoir et des sanglots éclatèrent. Je sortis bouleversé.

XIII

Françis continuait à s'étonner de la bizarrerie et de la tristesse de Gabriel, qu'il ne savait comment expliquer. Etait-ce la mauvaise santé de son enfant? était-ce autre chose ? Il était visible, malgré tous les efforts que mon ami faisait pour cacher son agitation, qu'une lutte pénible se livrait dans son esprit. Tantôt il voulait partir pour la campagne, tantôt il prétextait des affaires importantes et passait tout le jour hors de chez lui.

Chaque fois que le docteur venait voir le petit Paul, Gabriel l'accueillait avec cette question : — Et votre malade de l'hôtel du Parc? comment va-t-elle ?

— Elle s'en va ! répondait Albert.

— Mais enfin, vous attendez-vous donc à une prochaine catastrophe ?

— Cela peut arriver d'un jour à l'autre.

Un soir, j'assistai à la visite du docteur et les mêmes questions avaient provoqué les mêmes réponses. Albert lui-même semblait abattu et découragé. Etait-ce l'effet de la fatigue, ou l'état de quelqu'un de ses malades lui donnait-il de plus sérieuses préoccupations? Quoi qu'il en fût, Gabriel crut lire dans son regard ce que sa bouche n'avait pas dit. Après avoir fait quelques tours dans la chambre, il s'arrêta devant sa femme et murmura d'une voix sourde :

— Je sors… il faut que je sorte… des affaires m'appellent.

Louise leva les yeux sur lui avec un air d'étonnement et d'inquiétude. Depuis quelques jours, elle ne voyait pas non plus sans tristesse et sans appréhension la secrète agitation de son mari.

— Tu iras demain, mon ami! lui dit-elle d'un ton suppliant. Que peut-il y avoir de si urgent ?... Notre petit Paul est trop mal ce soir ; je t'en prie, ne me laisse pas seule !

— Albert, reprit-il, comment trouvez-vous mon fils ?

— Comme ce matin. Le soir, la fièvre est ordinairement plus forte.

— Si vous croyez que l'état soit grave, je ne sortirai pas ?...

— Non, je n'ai pas dit cela…

— Alors, au revoir, Louise. Qu'on ne m'attende pas.. Je ne rentrerai peut-être que fort tard.

Mme Reynaud ne répondit pas ; elle accompagna son mari jusqu'à la porte et revint s'asseoir auprès du berceau de son enfant.

— Quelle manière bizarre, me dit le docteur en sortant, de m'adresser de semblables questions en présence de sa femme ! Je ne vous cache pas que je suis fort inquiet … Gabriel aurait dû le comprendre. La fièvre est très-intense et je me tiendrai prêt à revenir dans quelques heures. Mais je ne pouvais pas jeter la mort dans l'âme de cette pauvre femme…

Les craintes d'Albert ne tardèrent pas à se réaliser. Seule dans la grande chambre pleine d'ombre, Louise n'entendait que la respiration faible et haletante de son enfant; elle épiait avec angoisse les moindres symptômes du mal ; de temps en temps, le petit malade poussait

des cris suffoqués qui déchiraient le cœur de la pauvre
mère. Bientôt la fièvre la prit à son tour. Elle fit rappeler
le docteur et prévenir sa mère et son cousin.

Francis accourut le premier : — Qu'y a-t-il donc ? ton
domestique m'a fait peur, s'écria-t-il en entrant.

Louise lui fit signe de parler bas et lui serra fortement la main :

— Vois-tu... dit-elle en soulevant le petit rideau, le
pauvre petit ! vois comme il souffre !

Le docteur n'eut pas besoin des explications de Louise
pour constater une aggravation plus prompte encore
qu'il n'avait pu le supposer. La jeune femme l'interrogea
d'un regard anxieux.

— Le mal a fait des progrès, dit-il. La respiration
va manquer. Il faudrait tenter une petite opération, et
si elle réussit l'enfant sera sauvé...

— Douloureuse ? demanda la mère en tressaillant.

— Non... pas beaucoup.

La malheureuse cacha son visage dans ses mains.

— Mais il faudrait en aviser ton mari, s'écria Francis.

Elle ne répondit pas.

— Je l'ai déjà fait demander chez Mme Enfert, dit le
docteur. Il devrait être arrivé.

Louise avait les lèvres serrées, les mains jointes et
les yeux fixés dans le vide ; il semblait qu'une nouvelle
douleur encore plus amère vînt de lui monter au
cœur.

— J'y cours ! reprit Francis ; j'irai plus vite que tout
autre.

— Non ! s'écria Louise en le retenant par le bras,
n'y vas pas, toi ! Ne me laisse pas seule...

Ces paroles désespérées gonflèrent le cœur du jeune

homme. Sa cousine le regardait pleurer en silence, et le voyant si ému, elle lui dit :

— Tu l'aimes donc beaucoup, ce pauvre petit ?... Ne t'en vas pas... nous n'avons que toi, lui et moi !...

Mme de Bénors finit par arriver tout en larmes, et sa fille se jeta dans ses bras en sanglottant comme si l'enfant fût mort.

— Courage ! courage ! répétait le docteur. Il y a encore de l'espoir, vous dis-je ! — Et un pénible silence succédait à ces exhortations.

On apporta les instruments de chirurgie. A cette vue, la pauvre mère fut prise d'un tremblement convulsif ; elle suivait avec effroi tous les mouvements d'Albert.

— Qu'allez-vous faire ? docteur ! lui ferez-vous mal ?...

— Mais non ! Ce ne sera rien... Vous verrez qu'il sera sauvé. Laissez-moi faire : si nous tardons encore, je ne réponds plus de rien.

— Alors, faites vite... Oh ! mon Dieu ! où ai-je la tête ?... Vous faut-il quelque chose ?

— Rien. Il faudra seulement tenir l'enfant un peu soulevé.

— Je le ferai...

— Non ; vous ne le pouvez pas, dans l'état où vous êtes.

— Je le tiendrai, moi, dit Francis.

Louise le regarda avec hésitation et fit un signe affirmatif. Puis elle se mit à deux pas du groupe formé par le docteur et Francis qui tenait l'enfant près de la lumière, et se tint là, immobile, les mains crispées et serrées contre sa poitrine, retenant sa respiration et suivant les moindres mouvements de l'affreuse lame d'acier. Le petit gémissait d'une voix suffoquée ; tout-à-coup il poussa un cri strident ; la mère bondit et l'arracha des mains du jeune homme.

— Reposez-le sur le lit, dit tranquillement le docteur. Tout va bien.

Elle recoucha son enfant et se laissa aller à une crise de larmes qui la soulagea. Mme de Bénors pleurait de son côté, sans pouvoir être utile à rien. Le docteur se promenait dans la chambre, s'efforçant de consoler les deux femmes ; en effet, l'enfant respirait plus librement.

Louise allait du lit à la pendule et s'approchait de la fenêtre par intervalles pour écouter. Vers deux heures du matin, comme sa mère cédait au sommeil, elle l'emmena dans une autre pièce pour lui faire prendre un peu de repos ; à son retour, son cousin accourut à elle :

— Réjouis-toi, Louise ! le docteur dit qu'il est sauvé ! La fièvre diminue. Il s'est endormi tranquillement et la respiration est libre.

La pauvre mère resta muette et tremblantes les yeux fixés sur ceux du jeune homme ; puis elle lui jeta les bras autour du cou et l'embrassa : — Oh ! s'écriat-elle, que tu m'es cher !

Gabriel rentra au point du jour. Lorsqu'il vit l'appartement éclairé et les domestiques sur pied, Il courut tout droit à la chambre de sa femme, dans la plus grande agitation. Francis et Albert étaient assis sur le canapé ; Louise, courbée sur le berceau, tournait le dos à la porte. En entendant son mari, elle tressaillit et se laissa tomber dans un fauteuil, anéantie et sans voix. Le docteur et Francis remarquèrent la pâleur de Gabriel qui n'osait faire un pas dans la chambre.

— Ce n'est rien ! lui dit le premier, nous l'avons échappé belle, mais nous sommes hors de danger.

Le pauvre garçon s'approcha du petit lit, jeta un regard inquiet sur le visage de l'enfant qui dormait, et prit en tremblant la main de sa femme. Louise le laissa faire. Soudain, elle se jeta sur son lit et éclata en sanglots.

— N'y faites pas attention, dit le docteur. C'est une crise salutaire qui succède à la tension nerveuse. Laissez-la pleurer ; cela lui fera du bien.

XIV

Pauvre Gabriel ! Tout l'accablait à la fois. L'image de la mourante abandonnée qu'il savait là tout près de lui s'était gravée si fortement dans son esprit, la pensée de la revoir et de lui porter quelques paroles de consolation dernière l'obsédait tellement depuis quelques jours, qu'il lui avait écrit pour lui demander de le recevoir.

Pourquoi n'avait-il point parlé à Louise de l'objet de sa tristesse ? Pourquoi ne lui avait-il pas confié son projet de voir Nelly ? Ah ! parce que, si la compassion dominait dans son cœur, le temps n'y avait pas effacé le souvenir d'un sentiment plus vif... C'est ce qui lui avait causé cette inquiétude et ces combats que sa droiture ne pouvait cacher. A la fin, dans le parallèle qu'il s'était fait entre Louise entourée de bonheur et Nelly succombant sous le poids des chagrins, la pitié l'avait emporté, et la visite à l'hôtel du Parc s'était faite malgré les supplications de Mme Reynaud.

Je n'ai jamais rien su de ce douloureux tête-à-tête. De quelle scène navrante mon pauvre ami ne fut-il pas témoin ? que de larmes n'eut-il pas à refouler pendant les longues heures de cette affreuse nuit !... Tandis qu'il

luttait contre l'agonie, s'attendant de minute en minute
à fermer les yeux de son amie, chaque instant de retard
lui faisait perdre quelque chose de l'affection de sa
femme. Ah ! si Louise avait connu la vérité, son cœur
n'eût pas été meurtri par de fausses alarmes : mais
Gabriel était trop fier pour avouer une faiblesse, quoiqu'il en eût triomphé.

Aussi bien, il comprenait tout et se sentait presque
coupable. Il évitait les regards de sa femme et n'osait
même pas lui parler de la santé de leur enfant. Une
froideur inexplicable s'était glissée entre eux. Il n'entrait
chez elle que pour assister à la visite du docteur ; puis
il s'enfermait dans son cabinet et s'y promenait à grands
pas tout le reste du jour.

Il n'alla plus voir Nelly ; puisque son dévoûment avait
été si mal interprété, il crut de son devoir de s'abstenir
d'une seconde visite. Cette détermination lui avait coûté
beaucoup, et la pensée que la pauvre femme mourrait en
se croyant délaissée de son unique ami venait accroître
l'agitation que lui causaient les injustes soupçons de
Louise. Par moments, au milieu de ses plus violentes
angoisses, il ressentait contre celle-ci un sentiment
involontaire d'hostilité.

S'il avait pu imaginer ce qu'elle-même souffrait !...
Se croyant dépouillée de l'affection de son mari, Louise
était en proie à un vertige semblable à celui qu'éprouve un
homme lancé dans l'espace ; elle sentait vaguement,
dans son cruel abandon, le besoin de s'attacher à quelque chose. De lointains souvenirs couleur de rose se
mêlaient à ses songes ; elle-même n'osait s'avouer ni se
définir le sentiment qui l'envahissait. Dans cette nuit
où elle avait failli perdre son enfant, quelqu'un avait
souffert avec elle : c'était Francis. La reconnaissance de

la jeune femme envers son cousin avait accru la tendresse qu'elle avait pour lui au fond du cœur. Mais, depuis le moment où elle s'était jetée dans ses bras comme s'il eût été un sauveur, elle avait évité instinctivement de se trouver seule avec lui.

De son côté, le sous-lieutenant n'était plus le même ; il avait perdu sa bonne humeur et son rire expansif. Son départ semblait le préoccuper.

— Quand reviendras-tu ? lui demandait Louise.

— Qui sait ? dans deux ou trois ans...

— Tu reviendras général, pour le moins ? reprenait-elle en plaisantant.

Le jeune homme ne répondait que par un triste sourire.

Cependant leurs tête-à-tête se renouvelaient chaque jour. Pendant qu'ils causaient sous le regard distrait de Mᵐᵉ de Bénors, Gabriel entrait comme un étranger dans la chambre de sa femme et s'efforçait de regagner son affection par ses prévenances. Un jour, à la vue de Louise et de Francis assis l'un auprès de l'autre, une pensée lui traversa l'esprit. Sous la sérénité apparente de la jeune femme, n'avait-il pas deviné l'esprit de sacrifice et de résignation ? Depuis ce moment, il ne lui envia plus la paix du cœur, mais il l'aima davantage.

Enfin, le sous-lieutenant reçut l'ordre de rejoindre son régiment.

— Figure-toi, dit Mᵐᵉ de Bénors à sa fille, qu'on veut l'envoyer à Toulon !... Il faut qu'il demande une prolongation de congé, car il n'est pas bien portant, il aurait encore besoin de deux bons mois de repos... Et puis, c'est à peine si nous l'avons vu, le pauvre enfant !

Louise, au lieu de répondre, regarda son cousin : — Pars-tu ? lui dit-elle.

— Oui... répliqua-t-il d'une voix suffoquée.

— Si tu veux m'écouter, reprit la tante, tu ne partiras
pas !... Tu as une jolie mine, pour courir les chemins...
Il faut obéir aux personnes qui ont le plus d'expérience,
ajouta-t-elle péremptoirement. Tu ne me fais pas peur avec
tes galons, vois-tu ! Laisse-toi faire. Tu seras toujours
petit pour moi.

Lorsque sa mère fut sortie, Louise baissa les yeux sur
son ouvrage et songea un instant à son cousin, qui allait
recommencer sa vie de hasards et de dangers, qui était
orphelin et qui n'avait d'asile qu'au foyer de sa tante.
Mais refoulant cette pensée et accélérant d'une main
fiévreuse le mouvement de son aiguille, elle dit briève-
ment : — Francis, à quoi te décides-tu ?

— Je ne sais... reprit-il.

— Il faut que tu partes, mon ami... Ma mère parle
ainsi, vois-tu, parce qu'il y a des choses que les femmes
ne comprennent pas... Elle n'écoute que sa tendresse...
Si tu cèdes à de semblables sollicitations, tu peux te faire
un grand tort dans ta carrière... Il faut que tu partes !

— Si tu le veux... dit le jeune homme d'une voix à
peine sensible.

— Il faut faire ton devoir, ami... balbutia-t-elle
toute pâle. Il faut faire notre devoir, Francis...

— Eh bien ! je partirai, reprit-il en baissant la tête.
Je partirai par le train de ce soir.

Louise ne disait plus rien ; mais des larmes brûlantes
coulaient sur ses joues. Francis lui prit les mains toutes
baignées de pleurs et toutes tremblantes.

— Adieu ! dit-il, adieu ! Je vais faire mon devoir...

— Je ferai aussi le mien ! murmura-t-elle en retom-
bant sur le canapé.

XV

Francis était parti. Pendant que sa tante l'avait ac-
compagné à la gare, Mme Reynaud était restée seule près
d'une fenêtre ouverte sur le jardin. Il faisait une de ces
soirées d'été chaudes et pesantes qui sont empreintes
d'une certaine grandeur solennelle. Le petit Paul jouait
sur les genoux de sa mère et adoucissait par ses ca-
resses ce que l'énergique résolution de Louise pouvait
avoir de douloureux.

Bientôt le son d'un orgue se fit entendre au fond du
jardin dans la direction du pavillon. De larges accords
se déployaient avec la noble simplicité d'un concert reli-
gieux ; le rhythme grave et mesuré semblait convenir à
merveille à la paix profonde de l'heure crépusculaire.
Puis des voix plaintives semblables à des prières mon-
taient vers le ciel ; parfois interrompues par de tumul-
tueux accents, les voix reprenaient leur cantique plus
suppliant et plus triste, et le chœur continuait son chant
sacré avec une mâle et sévère énergie.

Louise avait pris son enfant dans ses bras et s'était
dirigée vers l'extrémité du jardin. La porte du pavillon
s'était trouvée ouverte : elle était entrée sans être
aperçue et s'était assise sur un canapé de jonc. Gabriel,
le regard plongé dans le bleu du ciel qui s'assombris-
sait, poursuivait son inspiration et confiait à l'orgue ses
secrets et ses tristesses. Tout à coup, un gémissement
vint se mêler à ses accords. Il s'arrêta, croyant être
l'objet d'une illusion : mais des pleurs achevèrent sa
phrase. Il se leva effrayé comme s'il eût été tiré d'un
songe.

— Louise !... dit-il en s'approchant du canapé.

— Mon ami... répondit la jeune femme d'une voix entrecoupée, je voudrais vous parler...

Gabriel s'assit auprès d'elle et lui prit affectueusement la main.

— ... J'ai aimé Francis !... reprit-elle en surmontant une violente émotion. Pardonnez-moi... J'ai besoin de votre pardon... Gabriel ! vous savez que je ne suis pas coupable... Je ne savais pas que je l'aimais... c'était inconscient... J'ai tant souffert !... Je lui ai dit de partir, et il est parti... Mais il ne sait rien, je vous le jure ! Personne ne sait ce que j'ai pu souffrir... N'en dites rien à ma mère. Mais pardonnez-moi !

Gabriel demeurait muet et versait aussi des pleurs. Un rayon de lune pénétrant par la porte lui laissa voir l'indicible angoisse qu'exprimait le visage de Louise. Alors, sans dire une parole, il se pencha vers elle et la pressa sur son cœur.

— Ah ! quel bien cela me fait d'être baignée de tes larmes !... ajouta-t-elle. Il y a si longtemps que je les attendais... si longtemps !... Quel bien cela me fait !... Tu n'as donc pas cessé de m'aimer ?

Il n'osa lui parler de rien du passé, car il sentait qu'elle avait tout compris ; il ne lui demanda pas le pardon qu'elle avait si généreusement imploré la première.

— Nous serons heureux à l'avenir ! s'écria-t-il. Nous irons à la Touvette... là nous serons ensemble, toujours ensemble, avec petit Paul. Nous reprendrons nos charmants entretiens d'autrefois et nos promenades solitaires, et personne ne pourra plus nous séparer !

— Quel bonheur pour moi de t'entendre parler ainsi ! dit-elle en appuyant sa tête sur l'épaule de Gabriel. Tiens ! embrasse aussi ton fils... Le pauvre petit a grand besoin de l'air des champs...

— Partons demain matin ! reprit-il en sortant du pavillon.

— Oui, demain matin. Ah ! jamais la nuit ne m'a semblé si belle !

— Et toi, ma Louise, jamais tu ne m'as paru si bonne !

Les préparatifs du départ s'étaient terminés de bonne heure. La voiture qui les conduisait à la gare roulait rapidement vers la porte Guillaume, lorsqu'un rassemblement força le cocher à ralentir le pas des chevaux. Par un mouvement instinctif, Gabriel avança la tête à la portière.

C'était un enterrement. Le cortége s'acheminait lentement du côté du cimetière. Sur le drap qui couvrait le cercueil, on voyait une couronne de comte au milieu des guirlandes de fleurs. Deux personnes seulement marchaient à la suite du corps : un homme de haute taille, froid et impassible, et une vieille femme vêtue de noir, servante dévouée jusqu'à la dernière heure, dont le désespoir émouvait les passants.

A cette vue, Gabriel blémit et cacha son visage dans ses mains. Louise frémit à la pensée de cette douleur implacable que la fatalité plaçait une dernière fois entre eux et qui semblait sortir de la tombe pour se jeter au travers de leur route.

— Pauvre Gabriel ! murmura-t-elle aussitôt. Nous t'aimerons tant, ton fils et moi !...

Et, sans verser une larme, mais pâle comme un mort, il se jeta au cou de Louise et la tint longtemps embrassée.

Imp⁰ Gⁱᵉ du Rhône. (Anc. Imp. Vingt.) L. FABERT.

www.ingramcontent.com/pod-product-compliance
Ingram Content Group UK Ltd.
Pitfield, Milton Keynes, MK11 3LW, UK
UKHW022127170726
13837UKWH00003B/1399